NOTICE

SUR LES

TRAVAUX SCIENTIFIQUES

DU

LIEUTENANT-COLONEL

MARTIN DE BRETTES

Officier de la Légion d'honneur, etc., etc., ancien Élève de l'École polytechnique,
Ancien Professeur de sciences appliquées à l'École d'Artillerie de Versailles,
Membre de plusieurs Sociétés savantes.

PARIS

TYPOGRAPHIE ET LITHOGRAPHIE DE RENOU ET MAULDE

144, RUE DE RIVOLI, 144

1872

NOTICE

SUR

LES TRAVAUX SCIENTIFIQUES

DE

M. MARTIN DE BRETTES

N° 1

Mémoire sur un projet de chronographe électrique, et son emploi dans les expériences de l'artillerie.

Ce mémoire, qui fut présenté par M. Arago à l'Académie des sciences, dans la séance du 29 novembre 1847, contenait la description de l'appareil avec les dessins à l'échelle. J'y exposais les moyens de l'appliquer aux expériences balistiques pour déterminer la vitesse initiale d'un projectile, sa vitesse finale, sa vitesse en un point quelconque de sa trajectoire, et dans la bouche à feu.

N° 2

Des artifices éclairants en usage à la guerre, 1 vol. in-8°, 1851, avec planches.

Cet ouvrage imprimé comprend deux parties.

Dans la première, je démontre la grande utilité des artifices éclairants, employés comme signaux dans la guerre de campagne et de siége, et en donne des exemples empruntés à l'histoire des guerres anciennes et modernes. J'en fais l'historique. en donne la description et en discute les avantages et les inconvénients.

Dans la seconde partie j'entre dans des considérations étendues sur les propriétés des lumières artificielles et surtout de la lumière électrique. Je montre comment cette lumière pourrait être employée pour l'éclairage dans la défense et l'attaque des places de guerre, des ports et des rades.

Je propose et décris un système de télégraphie militaire et maritime fondé sur l'emploi d'éclairs et d'éclipses de longueurs différentes, qui seraient combinés entre eux d'une manière analogue aux signaux employés dans le télégraphe de Morsse.

Ce système de télégraphie lumineuse, indépendant de tout lien matériel, particulièrement applicable aux communications : entre les places assiégées et les armées de secours; entre les navires et les côtes, entre les navires d'une escadre, a été depuis réalisé avec succès en France et à l'étranger.

J'ai été plusieurs fois obligé de réclamer la priorité de mon idée, même devant l'Académie des sciences. (Séance du 7 juillet 1856.)

N° 3

Mémoire manuscrit, comprenant la description d'un pendule électro-magnétique destiné à mesurer des instants très-courts, offert à l'Académie des sciences, dans la séance du 19 octobre 1851, et renvoyé à l'examen d'une commission composée de MM. Pouillet Babinet et Becquerel.

L'appareil enregistreur électrique était placé dans la lentille et oscillait avec elle, de sorte que la position du pendule, tombant d'une hauteur donnée, était enregistrée, sans arrêter le mouvement, à l'instant même où un fil électrique était rompu par un effet mécanique.

La position des deux traces faites sur un limbe vertical, suffisait pour calculer l'intervalle de temps qui s'était écoulé entre les instants où elles avaient été produites, et par conséquent entre ceux où avaient eu lieu les effets mécaniques.

N° 4

Études sur les appareils électro-magnétiques destinés aux expériences do l'artillerie, en Angleterre, en Russie, en France, en Prusse, en Belgique, en Suède, etc., 1 vol. in-8° avec planches, 1854.

Cet ouvrage, dans lequel je décris et discute avec détail tous les appareils électro-balistiques, alors connus, et donne la description de plusieurs de mon invention, fut présenté à l'*Académie des sciences*, dans la séance du 13 novembre 1854, par M. Biot, qui, à cette occasion, lut la note suivante que j'extrais des *Comptes rendus* :

Note lue par M. Biot à l'Institut.

« M. le capitaine d'artillerie Martin de Brettes, inspecteur des études à l'École polytechnique, m'a prié de présenter en son nom à l'Académie, un ouvrage de sa composition, ayant pour titre : « Études sur les appareils électro-magnétiques destinés aux expériences de l'artillerie. » Comme cet ouvrage, sous son titre modeste, est le résultat de méditations longtemps suivies avec persévérance, soit dans le calme des établissements militaires, soit dans la vie active des camps ; et, qu'à ses vues personnelles, l'auteur a joint une discussion approfondie de toutes les tentatives déjà faites sur le même sujet tant à l'étranger qu'en France, j'ai pensé que l'Académie trouverait quelque intérêt à connaître comment il a compris et exécuté cette transition difficile des spéculations physiques aux applications.

« Il commence naturellement par décrire les appareils électro-moteurs, ceux qui servent à développer ce que l'on appelle les *courants électriques*. Il spécifie, d'après l'expérience, les propriétés observables de ces courants, leur rapide transmissibilité, leur action entre eux et sur les corps aimantés ou aptes à le devenir ; les dispositions les plus efficaces pour accroître leur énergie ; les procédés par lesquels on peut la constater, la rendre sensiblement constante, longtemps durable, et la faire agir dans cet état par intermittences, dont la rapidité de succession n'est limitée que par l'intervalle de temps très-petit, mais non pas insensible, que le magnétisme emploie à se développer ou à s'éteindre dans les corps conducteurs sous l'impression d'un contact opéré ou supprimé instantanément. Tout cela est exposé avec concision, mais clairement, exactement, dans les termes usités par les physiciens ; sans discussion ni garantie de leurs doctrines et comme autant de faits acquis.

« Ces préparatifs étant établis, l'auteur passe aux applications qu'on en a faites ou qu'on en peut faire, pour résoudre expérimentalement une foule de questions qui intéressent l'artillerie : par exemple, mesurer la vitesse *initiale* d'un projectile tiré sous un angle quelconque ; celle qu'il a en un point quelconque de sa trajectoire; les maxima de vitesse des éclats d'obus et des balles qui y seraient renfermées, soit que l'explosion se fasse à l'état de mouvement ou de repos. Tous les procédés imaginés pour ces applications se résument dans cet énoncé général : des effets mécaniques instantanés, qui se succèdent à des intervalles de temps très-courts, sont, au moment où ils se reproduisent, reportés par l'électricité à un appareil qui s'en impressionne, et sur lequel ces intervalles de temps se trouvent transformés en intervalles graphiques, dont la grandeur, devenue appréciable, sert à les mesurer. L'auteur fait connaître en détail ceux de ces procédés qui ont été imaginés ou employés pour des recherches de ce genre, par les physiciens, en Angleterre et en France; ceux aussi qui ont été appliqués en grand à des expériences d'artillerie dans plusieurs autres pays de l'Europe, la Russie, la Prusse, la Belgique, où elles ont été entreprises et exécutées sous le patronage des gouvernements. Il ne décrit pas seulement les appareils qui ont servi à ces nouvelles et importantes études de balistique, il en discute les détails, signale leurs défauts, leurs avantages, et expose les modifications qu'à son avis on pourrait utilement y apporter pour rendre leurs indications plus sûres ou plus précises. Ces propositions de perfectionnement, faites par un esprit pratique, à la suite d'un examen attentif et comparé de tout ce qui a été imaginé ou réalisé précédemment, devront être prises en grande considération quand on organisera de pareils travaux.

« La lecture de l'ouvrage du capitaine Martin y sera un excellent préparatif. C'est dans cette voie et sous cette forme que les spéculations des sciences peuvent être fructueusement introduites dans les opérations des armes savantes. Des militaires s'appropriant et y transportant ainsi leurs découvertes, ce sont des auxiliaires dont l'Académie accueillera toujours les efforts avec faveur. »

N° 5

Projet d'une cible télégraphique. Ce mémoire manuscrit a été présenté à l'Académie des sciences, dans la séance du 8 octobre 1855, et envoyé à l'examen d'une commission composée de MM. Biot, Piobert et du maréchal Vaillant.

Dans ce mémoire, accompagné de dessins à l'échelle, je décrivais un système de cible qui enregistrait automatiquement les positions des balles qui la frappaient, et les indiquait au tireur.

Pour obtenir ce résultat je composais la cible d'un grand nombre de petits carrés mobiles et indépendants. Chaque carré frappé par une balle fermait deux circuits électriques qui indiquaient sa position par abcisse et ordonnée, sur un cadran placé près du tireur.

N° 6

Appareils chrono-électriques à induction, avec application aux expériences balistiques, 1. vol. in-8° avec planches. Cet ouvrage, dont j'ai eu l'honneur de faire hommage à l'Académie des sciences, dans la séance du avril 1858, comprend la description de divers appareils fondés sur les propriétés particulières et remarquables de l'étincelle d'induction comme agent enregistreur.

L'un de ces appareils est un pendule oscillant, dont la tige porte une pointe qui est dirigée normalement au plan d'oscillation ou au limbe, sur lequel elle enregistre, au moyen de l'étincelle d'induction qui en jaillit, la position de la tige du pendule au moment où un effet mécanique rompt un circuit électrique.

Cet enregistrement de la position de la tige du pendule, sans en altérer le mouvement, permet d'enregistrer les effets mécaniques qui se produisent successivement pendant la durée d'une oscillation.

La connaissance de la position initiale et des positions successives du pendule suffit pour calculer les intervalles de temps qui les séparent.

Nº 7

De l'emploi général de l'étincelle d'induction comme agent traceur dans' les enregistreurs mécaniques.
Mémoire manuscrit, présenté à l'Académie des sciences dans la séance du 3 janvier 1859, et envoyé à l'examen d'une commission composée de MM. Becquerel, Pouillet et Morin.

Nº 8

Mémoire sur de nouveaux enregistreurs à étincelle d'induction, manuscrit présenté à l'Académie des sciences, dans la séance du 20 juin 1859, et renvoyé à l'examen de M. Pouillet.

Nº 9

M. Despretz présente en mon nom à l'Académie des sciences, dans la séance du 25 juin 1860, un pendule électro-balistique à induction, construit par M. Ruhmkorff, qui avait servi aux expériences que j'avais faites, — à la direction des poudres et salpêtres, — pour mesurer la vitesse des projectiles.

Cet appareil fut envoyé à l'examen d'une commission composée de MM. *Becquerel, Pouillet, Morin, Despretz.*

N° 10

M. Despretz a présenté en mon nom à l'Académie des sciences, dans la séance du 1er mars 1861, mon chronographe à pendule conique construit par M. Hardy; il en a donné une description et une appréciation sommaires que j'extrais des *Comptes rendus*.

« Ce chronographe se compose d'un cylindre métallique couvert d'une bande de papier.

« Une pointe de platine tourne autour de ce cylindre par l'action d'un mouvement d'horlogerie; le mouvement de cette pointe est réglé par un pendule conique ; elle fait un tour complet en une seconde; les espaces parcourus par la pointe sont proportionnels au temps.

« Dans le chronographe de Martin de Brettes que nous avons présenté, il y a quelques mois, on ne pouvait guère mesurer qu'un tiers de seconde : dans celui que nous présentons aujourd'hui, on estime des fractions très-petites de temps, ce qu'on conçoit facilement, l'espace parcouru par la pointe de platine en une seconde étant de 75 centimètres.

« La pointe est près du papier, mais ne le touche pas ; les étincelles d'induction jaillissent sur le cylindre métallique, en perçant le papier, à chaque rupture du circuit inducteur.

« Dans les expériences de balistique, on dispose des cadres-cibles en rapport avec le circuit inducteur, à différentes distances du point de départ du mobile dont on cherche à mesurer la vitesse, en sorte que l'instant du passage du mobile à travers le premier cadre-cible se trouve marqué sur la bande de papier par un trou noir. Il en est de même du passage à travers les seconds cadres-cibles. On peut d'ailleurs opérer avec plus de deux cadres, si l'on se propose d'étudier la loi du mouvement.

« Nous croyons pouvoir rappeler que plusieurs savants ont proposé des chronographes ou chronoscopes. Nous citerons MM. Wheatstone, Pouillet, Constantinoff et Breguet, le capitaine Navez, Glossener. »

N° 11

Instruction pratique pour l'usage du pendule électro-balistique à induction.
Vol. in-8° avec planches, 1862.

Cette instruction comprend dix chapitres et diverses notes.

Le premier chapitre est consacré à des considérations générales sur les chronographes à induction.

Le deuxième est relatif aux propriétés graphiques de l'étincelle d'induction et aux conditions de l'établissement du pendule.

Les chapitres III, IV, V, VIII et IX sont consacrés aux dispositions à prendre pour les expériences balistiques.

Les chapitres VI, VII et X sont relatifs à l'établissement des tables des durées et à leur usage.

Les notes sont relatives à l'induction magnétique, aux conditions de l'établissement de la machine de Ruhmkorff et à l'emploi du diapason comme chronographe, etc.

N° 12

Instruction sur l'emploi pratique du chronographe à induction — à pendule conique — dans les expériences balistiques, vol. in-8° avec planches, 1869.

Cet ouvrage se compose de huit chapitres et de notes. Il comprend :

Les principes fondamentaux des chronographes à induction ; des considérations sur la variété indéfinie des courbes chronométriques ; sur la variété indéfinie des chronographes à induction : divers exemples de ces courbes ; les propriétés des courbes périodiques :

La description du chronographe à pendule conique ; les précautions et les dispositions à prendre pour son usage dans les expériences balistiques : le relèvement des résultats de l'expérience ; leur usage pour le calcul des vitesses, etc.

N° 13

Mémoire sur la similitude des trajectoires des projectiles oblongs semblables, et l'application de cette propriété au tracé des trajectoires, à l'établissement des tables de tir, et à la détermination d'un projectile et d'une bouche à feu capables d'un effet déterminé.

Ce mémoire manuscrit a été présenté à l'*Académie des sciences*, dans la séance du 2 février 1863, par le maréchal Vaillant, et envoyé à l'examen d'une commission composée de MM. le maréchal *Vaillant, Morin* et *Piobert*.

Nº 14

Mémoire sur l'application à l'artillerie de la théorie mécanique de la chaleur. Ce mémoire manuscrit a été présenté à l'Académie des sciences, dans la séance du 7 mars 1864, et envoyé à une commission composée de MM. le maréchal Vaillant, Morin et Piobert.

Je montre dans ce mémoire que la théorie mécanique de la chaleur permet de déterminer la force vive des projectiles et leur vitesse initiale, et que les résultats déduits de cette théorie diffèrent très-peu de ceux de l'expérience.

Nº 15

Mémoire sur la comparaison des rendements dynamiques des bouches à feu et des machines à vapeur.

Ce mémoire manuscrit a été présenté à l'*Académie des sciences*, dans la séance du 7 mars 1864, et envoyé à une commission composée de MM. le *maréchal Vaillant, Morin et Piobert*.

Je montre que le rendement des canons est beaucoup plus considérable que celui des meilleures machines à vapeur, eu égard à la chaleur dépensée ou à son équivalent mécanique.

Car dans les canons ce rendement s'élève à 20 0/0 au moins dans des conditions favorables, tandis qu'il ne dépasse pas 6 0/0 dans les meilleures machines à vapeur, qui sont celles à haute pression avec détente et condensation.

N° 16

Note manuscrite sur la différence des reculs des bouches à feu tirées avec des charges de pyroxyle et de poudre ordinaire à égalité des vitesses initiales des projectiles.

Cette note a été présentée à l'*Académie des sciences*, dans la séance du 11 avril 1864, et envoyée à l'examen d'une commission composée de MM. le *maréchal Vaillant*, *Piobert et Pelouse*.

L'explication de cette différence de recul se déduit de l'application des principes de la mécanique rationnelle aux données et à l'observation des faits qui se manifestent dans la combustion du pyroxyle et de la poudre ordinaire.

Le pyroxyle se réduit entièrement en gaz.

La poudre, au contraire, donne un résidu solide égal aux trois cinquièmes de son poids, qui produit le même effet qu'un accroissement du poids du boulet, ce qui détermine un plus grand recul.

N° 17

Mémoire sur les phénomènes singuliers que présente le tir des projectiles oblongs lancés par les canons rayés.

Ce mémoire manuscrit a été présenté à l'*Académie des sciences*, dans la séance du 29 avril 1864, et envoyé à l'examen d'une commission composée de MM. *Combes, Piobert et Morin*.

Je montre dans ce mémoire, par les résultats de nombreuses expériences de tir, que sous les très-petits angles la portée est plus grande que dans le vide. J'explique cette anomalie par la production d'une force relevatrice due à la forme antérieure des projectiles oblongs.

Cette force a été reconnue et calculée par M. Radau, dans une note présentée à l'*Académie des sciences*, dans une des séances suivantes.

N° 18

Théorie générale du mouvement relatif des axes de figure et de rotation des projectiles de l'artillerie et de la dérivation dans l'air, vol. in-8° avec atlas de 18 planches, 1871. — Présenté à l'Académie des sciences, dans la séance du   février 1867, par M. Leverrier.

Cet ouvrage se compose d'une préface et de quatorze chapitres.

Dans la préface, je fais d'abord connaître les idées admises au XIVᵉ siècle sur la forme des trajectoires décrites par les projectiles de l'artillerie ; ces idées erronnées, successivement modifiées par les travaux de Tartaglia en 1530, de Pierre Sarti en 1621, l'étaient encore considérablement, car, à cette époque, la trajectoire d'un projectile était regardée comme composée d'une partie rectiligne et d'une partie courbe.

En 1638, Galilée, qui, comme tous les savants de l'époque, s'occupait de l'artillerie, démontra que la *trajectoire était courbe* et devait être une parabole dont l'axe serait vertical. Théorie exacte dans le cas du tir des projectiles dans le vide et dans l'air, lorsqu'ils sont animés de petites vitesses initiales.

Mais dans le cas des grandes vitesses il n'en est pas ainsi. Et, comme l'observation commençait à succéder aux idées empiriques, on reconnut que la théorie de Galilée n'était pas alors applicable. Ce fut Vallis qui, en 1683, émit l'idée juste que la déformation de la trajectoire était due à la résistance de l'air.

On admit d'abord que cette résistance était proportionnelle à sa *simple vitesse*, et Huyghens démontra que, dans cette hypothèse, la trajectoire était une logarithmique. Newton, en 1710, admit que la résistance de l'air contre les projectiles était proportionnelle *au carré des vitesses*, mais il ne put arriver à déterminer la trajectoire.

En 1718, Bernouilli donna une théorie du mouvement des projectiles dans l'air, en admettant la loi la plus générale de la résistance, mais il ne put ramener qu'à ses quadratures le problème des trajectoires.

En 1743, Robins démontra que, lorsque les vitesses sont considérables, la résistance de l'air croit plus rapidement que le carré de la vitesse ; mais il ne formula pas la loi de cette variation.

En 1745, Euler, qui avait admis les idées de Robins, proposa de représenter la résistance de l'air par un *binôme,* dont un terme serait proportionnel au *carré de la vitesse* et l'autre à la *quatrième puissance de cette vitesse.*

Les expériences balistiques de la commission des principes de tir, instituée à Metz en 1836, dont faisaient partie les capitaines Piobert, Morin et Didion — devenus généraux — conduisirent à représenter la résistance de l'air par un *binôme,* dont un terme était proportionnel au *carré de la vitesse* et l'autre au *cube de cette vitesse.*

M. le général Didion a résolu le problème des trajectoires en adoptant cette loi compliquée, mais en substituant à l'arc de courbe sa projection horizontale, ce qui est sans influence dans le tir sous les petits angles ; mais cette méthode, d'après M. de Saint-Robert, n'est pas applicable quand ces angles sont grands.

En 1855, le capitaine Welter, professeur du cours d'artillerie à l'École d'application de l'artillerie et du génie, à la suite de nombreuses expériences balistiques dans lesquelles on faisait usage des chronographes électriques, trouva que la résistance de l'air était simplement proportionnelle au *cube de la vitesse*.

Si la détermination de la loi de la résistance de l'air contre des projectiles sphériques, qui présentent toujours des surfaces égales sur lesquelles le fluide agit semblablement, présente tant de difficultés — puisqu'on n'est pas encore d'accord sur l'expression analytique qui la représente — on comprendra sans peine qu'elles doivent être beaucoup plus considérables lorsqu'il s'agit d'un projectile oblong, qui présente à l'action de l'air des surfaces variables, en raison de l'angle de tir et de son mouvement relatif autour du centre de gravité.

J'ai indiqué dans le chapitre V une méthode générale au moyen de laquelle on pourrait établir la loi de cette résistance.

Cette variation de la direction des surfaces d'un projectile tiré dans l'air, entraînera celle de la résistance et, par suite, fera sortir la trajectoire du plan de tir.

Examinons en effet ce qui arrive dans le tir des projectiles oblongs animés d'un mouvement de rotation initial autour de leur axe de figure et projetés dans l'air suivant leur direction.

L'observation a constaté que les projectiles oblongs lancés par les armes rayées avaient un mouvement latéral de déviation qui leur était particulier ; ce mouvement, dans les mêmes conditions de tir, est constant et généralement dirigé du côté où l'observateur, placé derrière l'arme, voit tourner la rayure hélicoïdale supérieure. Je dis généralement, parce que la théorie et l'expérience montrent qu'il peut arriver le contraire dans des conditions convenables de tir.

Cette déviation latérale et caractéristique des projectiles oblongs est nommée *dérivation*.

Elle a l'inconvénient d'introduire dans le pointage un nouvel élément qui est une correction latérale. Mais heureusement la régularité de la dérivation a permis d'en faire la correction en même temps qu'on donne l'inclinaison au canon, en inclinant simplement la *hausse* du côté opposé à la rotation des rayures.

Dans le courant de 1861, j'avais adressé au comité d'artillerie un mémoire dans lequel je donnais une théorie du mouvement des projectiles oblongs qui expliquait les phénomènes singuliers observés dans les diverses circonstances de tir. J'énonçais dans ce mémoire les lois du mouvement relatif de l'axe du projectile, et la corrélation de ce mouvement avec la dérivation.

Ces lois générales sont les suivantes :

Lorsqu'un projectile oblong projeté dans l'air sous les angles ordinaires de tir tend à se coucher par l'effet de la résistance du fluide, sur un plan vertical, perpendiculaire à celui du tir et passant par le centre de gravité, son axe de figure décrit un cône relatif sensiblement circulaire et dans le sens de la rotation initiale, autour d'une droite qui passe par le centre de gravité et est normale au plan précédent.

Lorsque la résistance de l'air tend à coucher l'axe du projectile sur la normale précédente, cet axe décrit le cône relatif en sens contraire de la rotation initiale.

Le centre de gravité du projectile dérive toujours du côté du plan de tir où se trouve la pointe pendant la génération du cône relatif.

Ce mouvement relatif de l'axe du projectile est tout à fait analogue à celui de l'axe terrestre autour d'une droite parallèle à celui de l'écliptique.

C'est cette théorie généralisée et rectifiée en quelques points qui fait l'objet principal de ce travail. (Chap. VI.) .

La théorie m'a aussi conduit à établir les principes du tracé des projectiles oblongs et de l'inclinaison des rayures selon le genre de tir. (Chap. VII et VIII.)

Je donne aussi l'explication des propriétés des cannelures des projectiles qui, jusqu'alors, étaient regardées à tort comme causes d'une force relevatrice de la partie cylindrique.

J'expose les conditions auxquelles il faut satisfaire pour que la trajectoire d'un projectile tournant reste dans le plan du tir ; l'influence du centrage du projectile sur la dérivation, etc.

Enfin, je détermine l'influence de la rotation terrestre sur la grandeur de la dérivation. Je montre par des applications que cette influence est généralement très-faible et négligeable, mais qu'elle pourrait devenir considérable et même changer le sens de la dérivation.

Je me suis proposé, non de donner une théorie rigoureuse du mouvement dans l'air des projectiles oblongs, — problème du reste presqu'insoluble aujourd'hui par l'absence de données suffisantes, — mais, et la difficulté est encore considérable, une théorie suffisante pour expliquer les phénomènes du tir des canons rayés, et prévoir ceux qui se produiraient dans des circonstances données.

J'ai suivi, autant que possible, les idées de Poinsot, relatives à la rotation des corps, et tâche de me conformer aux considérations si judicieuses et si utiles que l'illustre géomètre énonce dans la *Théorie de la rotation des corps.*

Enfin, si l'on observe qu'après cinq siècles de travaux faits sur la balistique des projectiles sphériques par les plus illustres géomètres, elle n'est pas encore parfaitement établie, on ne devra pas s'étonner si celle des projectiles oblongs n'a pu l'être en quelques années, par le petit nombre d'officiers qui se sont occupés de cette difficile et aride question

N° 19

Note sur l'influence de la rotation de la terre sur la dérivation des projectiles lancés par les canons rayés, — présentée à l'Académie des sciences, dans la séance du 17 septembre 1866.

Après avoir montré que la méthode que j'emploie pour déterminer l'influence de la rotation de la terre est plus simple que celle qu'a donnée l'illustre Poisson en 1837, j'en donne de nombreuses applications, et je termine ainsi :

« Cet effet déviateur de la rotation terrestre peut donner lieu à des applications utiles à la balistique.

« Ainsi :

« 1° Lorsque dans notre hémisphère, l'effet de la rotation de la terre contribue pour moitié à la dérivation d'un projectile vers la droite du plan de tir, si l'on change le sens des rayures du canon, l'action déviatrice de l'air change aussi. Alors les effets de la rotation terrestre et de la résistance de l'air se détruiront ; de sorte que le projectile tombera sur la direction actuelle de la ligne de tir, et aura une dérivation apparente nulle.

« 2° Lorsqu'on passe d'un hémisphère à l'autre, le sens de la rotation de la terre change, et, par conséquent, celui de son action déviatrice sur le projectile.

« Il en résulte que :

« Si le projectile ne dérive pas sur notre hémisphère, par suite des effets égaux et contraires de la résistance de l'air et de la rotation de la terre, ils s'ajouteront dans l'hémisphère opposé et le projectile dérivera à gauche.

« Si la dérivation à droite sur notre hémisphère était double de celle qui est due à la rotation de la terre, comme celle-ci changerait de signe sur l'hémisphère opposé, les effets déviateurs de cette rotation et de la résistance de l'air se détruiraient, et le projectile n'éprouverait pas de déviation apparente.

« Ainsi, l'influence de la rotation de la terre sur la dérivation des projectiles oblongs peut devenir assez considérable pour être prise en considération, et recevoir d'utiles applications dans le service de l'artillerie. »

N° 20

Mémoire sur l'application de la théorie de la similitude des trajectoires à la vérification de la loi de la résistance de l'air contre les projectiles oblongs, — présenté à l'Académie des sciences, dans la séance du 30 mars 1868, et envoyé à une commission composée de MM. Morin, Piobert et Combes.

Dans ce mémoire je montre, par les résultats de nombreuses expériences de tir, que la résistance de l'air est proportionnelle au *carré des vitesses*, lorsqu'elles sont comprises entre 80 et 240 mètres, et sensiblement au *cube* pour les vitesses supérieures.

N° 21

Note sur la similitude des trajectoires hydrauliques, — présentée le 2 novembre 1868 à l'Académie des sciences, — envoyée à l'examen de MM. Morin, Piobert et Combes.

Je démontre dans cette note que l'eau projetée par des orifices semblables, et sous des charges proportionnelles aux dimensions homologues de ces orifices, décrit des trajectoires semblables.

N° 22

Note relative aux expériences faites pour vérifier la similitude des trajectoires hydrauliques, — présentée à l'Académie des sciences, dans la séance du 30 novembre 1868, — envoyée à l'examen de la même commission.

Théorie de la similitude des trajectoires décrites par les projectiles de l'artillerie, 1 vol. in-8°, 1869, — présenté à l'Académie des sciences par M. Leverrier, dans la séance du.... 1869.

Cet ouvrage comprend cinq chapitres dans lesquels je traite successivement : de la similitude en mécanique; de la similitude des trajectoires des corps semblables lorsque les forces sont proportionnelles aux masses; de la similitude des trajectoires des projectiles sphériques; de la similitude de celles des projectiles oblongs lancés par les canons rayés; des applications générales de la similitude des trajectoires au tracé des trajectoires, à l'établissement des tables de tir, à l'établissement des projectiles et des canons, etc.

N° 23

Relation entre les diamètres, les poids, les vitesses initiales des projectiles et la tension de leurs trajectoires. — Mémoire présenté par M. Leverrier à l'Académie des sciences, dans la séance du 9 juin 1869, — envoyé à l'examen d'une commission composée de MM. Morin, Piobert et Combes.

Je donne dans ce mémoire la loi qui relie ces données et en montre la vérification par de nombreux résultats de tir.

Cette loi est la suivante :

Les flèches des trajectoires d'égales portées de deux projectiles oblongs, semblables antérieurement, sont, pour les angles usuels de tir, proportionnelles aux diamètres des projectiles et en raison inverse des racines carrées des poids et des carrés de vitesse.

N° 24

Influence de la vitesse initiale du diamètre et du poids des projectiles sur la tension de leurs trajectoires. — Note adressée à l'Académie des sciences, dans la séance du 9 août 1869, — envoyée à la commission précédente.

Je montre, par les résultats de nombreuses expériences de tir, l'influence de chacun de ces éléments sur la tension des trajectoires, et que la pratique confirme la loi que j'ai énoncée dans tous les cas particuliers qui peuvent se déduire de la formule qui les représente.

N° 25

Mémoire sur la détermination d'une ou plusieurs des quantités suivantes : le diamètre d'un projectile oblong, son poids, sa vitesse initiale, la flèche de sa trajectoire et le poids du canon lorsque les autres sont données, — présenté à l'Académie des sciences dans la séance du 13 décembre 1869, — envoyé à la commission précédente.

Je montre que la formule qui représente la loi énoncée n° 23, et deux autres formules déduites des rapports de dimensions et poids en usage suffisent pour résoudre toutes les questions proposées.

J'en donne des exemples confirmés par la pratique.

N° 26

Détermination de l'épaisseur du blindage en fer que peut traverser un projectile dont on connaît le poids, le diamètre et la vitesse d'arrivée. — Mémoire présenté à l'Académie des sciences, dans la séance du 27 janvier 1871, et envoyé à la commission précédente.

J'ai établi une formule empirique qui donne des résultats assez d'accord avec les nombreuses expériences que je cite.

Cette formule permet aussi de déterminer : 1° la vitesse d'arrivée nécessaire à un projectile pour qu'il traverse une plaque de blindage d'une épaisseur donnée; 2° un projectile capable de percer une plaque donnée avec une vitesse d'arrivée aussi donnée.

N° 27

Appareil de démonstration des phénomènes du tir des projectiles oblongs lancés par les canons rayés. — Mémoire présenté par M. Phillipps à l'Académie des sciences, dans la séance du 4 avril 1870, — envoyé à une commission composée de MM. Morin, Delaunay, Phillipps.

« Le problème de mécanique à résoudre, pour rendre ces phénomènes manifestes, était donc le suivant : Suspendre un projectile oblong de manière qu'il puisse : recevoir un mouvement très-rapide de rotation autour de son axe de figure; prendre librement un mouvement relatif autour de son centre de gravité, et un mouvement latéral perpendiculaire au plan de tir, sous l'action d'un courant d'air de grande vitesse qui agirait sensiblement comme dans le tir pratique. La réalisation de ce problème présentait de grandes difficultés, qui ont été heureusement surmontées par M. Hardy, l'habile constructeur d'appareils de précision.

« L'appareil définitivement adopté et construit se compose essentiellement des parties suivantes :

« 1° Un long pendule dont la lentille est composée du projectile oblong et de son système de suspension analogue à celui du gyroscope de Foucault (1);

« 2° Une buse mobile et son mécanisme destiné à donner une direction convenable au courant d'air qui agit sur le projectile;

« 3° Un ventilateur quadruple (système Perrigault), qui donne presque immédiatement un courant d'air animé d'une vitesse de 90 à 100 mètres;

« 4° Un appareil enregistreur du mouvement de dérivation du projectile.

Expériences faites avec l'appareil.

I. *Démonstration du mouvement relatif du projectile.* — On donne au projectile un mouvement de rotation très-rapide autour de son axe de figure, puis on le dirige de manière que cet axe soit incliné de quelques degrés au-dessus de l'horizon, et situé dans un plan vertical perpendiculaire à celui de l'oscillation du pendule.

---

(1) Le centre de gravité du pendule est sensiblement sur l'axe de suspension, afin que le projectile, qui forme la lentille, puisse se déplacer latéralement comme un corps libre.

« On fixe ce dernier pour que le centre de gravité du projectile soit immobile, et l'on dirige le courant d'air de manière qu'il tende à augmenter l'angle de l'axe de figure avec l'horizontale qui passe par le centre de gravité et est perpendiculaire au plan d'oscillation.

« On voit alors l'axe du projectile prendre un mouvement relatif autour du centre de gravité, et décrire, dans le sens de la rotation initiale, un cône sensiblement circulaire autour de l'horizontale précédente.

« Si l'on faisait agir le courant d'air de manière à réduire l'angle de l'axe du projectile avec cette horizontale, ce qui aurait lieu s'il agissait en arrière du centre de gravité du projectile, le mouvement relatif de ce dernier serait alors de sens contraire à celui de la rotation initiale.

« Ces phénomènes sont conformes à la théorie et à l'observation des circonstances du tir.

« II. *Démonstration du mouvement de dérivation.* — Le projectile étant disposé comme pour les expériences précédentes, si l'on donne au pendule la liberté d'osciller ou de prendre un mouvement perpendiculaire au plan de tir, et si le courant d'air agit en avant du centre de gravité, l'observateur voit :

« 1° L'axe du projectile prendre un mouvement relatif dans le même sens que la rotation initiale ;

« 2° Le projectile dériver du côté du plan de tir où se trouve la première demi-nappe du cône relatif décrit par l'axe de figure ;

« 3° Le projectile s'arrêter un peu après la génération de cette demi-nappe, puis rétrograder, pendant que l'axe de figure décrit la seconde moitié, mais sans revenir dans le plan de tir.

« Ces phénomènes sont conformes à la théorie et à l'observation des faits, car la déviation n'est jamais nulle.

« Si l'air agissait en arrière du centre de gravité, la dérivation aurait encore lieu du côté du plan de tir où se trouve la première demi-nappe du cône relatif ; mais le sens serait contraire à celui de la rotation initiale autour de l'axe de figure.

« Dans le tir sous les très-grands angles, de 80 degrés par exemple, la dérivation des projectiles est de sens contraire à celle qui a lieu sous les petits angles. Ce résultat de l'expérience a été considéré comme une anomalie inexplicable. Mais la théorie, l'observation des circonstances du tir, et les expériences avec l'appareil de démonstration, montrent que cette anomalie n'est qu'apparente, et que l'explication de ce phénomène ne présente aucune difficulté. »

N° 28

Expériences exécutées en Belgique avec un canon de 22 centimètres en acier Krupp, vol in-8° avec atlas.

Expériences exécutées en Russie avec un canon Krupp de 27 centimètres, in-8° avec planche.

Ces brochures et atlas présentés à l'*Académie des sciences*, dans la séance du 11 mars 1870, contiennent les résultats des expériences faites en Belgique et en Russie contre des plaques de blindage de 15 à 30 centimètres d'épaisseur.

N° 29

Mémoire comprenant un théorème sur l'identité des trajectoires et le problème général de l'établissement des armes et projectiles oblongs capables d'une portée donnée, — présenté à l'Académie des sciences, dans la séance du 9 octobre, et envoyé à la commission de balistique.

Je donne dans ce mémoire les formules pratiques déduites de la théorie nécessaires pour résoudre les divers problèmes que présente la pratique, et des applications.

N° 30

Mémoire sur l'explosion des charges intérieures des projectiles creux et non fulminantes, par la chaleur dégagée, lorsqu'ils choquent un milieu résistant, — présenté à l'Académie des sciences, par M. Phillipps, dans la séance du 27 novembre 1871, — envoyé à MM. les membres de la section de mécanique.

Dans ce mémoire j'analyse les causes productrices de la chaleur que je calcule au moyen de l'équivalent mécanique. Je montre que la compression de l'air est la principale cause de la chaleur qui détermine l'explosion. Cependant la chaleur acquise par les balles de plomb, pourrait suffire dans certains cas.

Nº 31

Etudes sur les mouvements des projectiles oblongs et aplatis, projetés dans l'air sans rotation initiale, in-8°, Paris, 1869.

Nº 32

Mémoire sur les moyens d'imprimer un mouvement de rotation aux projectiles lancés par les canons lisses. *Journal des armes spéciales*, 1869, Paris.

Je démontre que l'action des gaz de la poudre et de l'air agissant sur des rayures hélicoïdales, ou dans des canaux courbes, peuvent bien produire la rotation, mais qu'elle est insuffisante pour assurer la stabilité de l'axe de figure.

Enfin, j'ai été professeur de sciences appliquées à l'École d'Artillerie de Versailles pendant dix ans. J'ai, pendant cette longue période de temps, assisté à toutes les épreuves de tir qui ont eu lieu, dans les circonstances les plus variées, au polygone de Satory, avec des canons rayés de divers systèmes, français, anglais, allemands, etc.

Ce sont les nombreuses observations que j'ai faites et comparées, qui m'ont conduit à la théorie qui explique facilement les phénomènes du tir des projectiles oblongs par les canons rayés, et aux formules de l'établissement des canons et de leurs projectiles capables d'une portée donnée.

PARIS. — TYPOGRAPHIE RENOU ET MAULDE, RUE DE RIVOLI, 144.   15676